EL CUADERNO DE LA PERDICIÓN

EL **DÍA** DE LAS LOMBRICES

Troy Cummings

BRANCHES

SCHOLASTIC INC.

Al profesor Klaus: buena suerte con tus muchos proyectos.

Gracias de nuevo a Katie Carella y Liz Frances, por su paciencia, arduo trabajo e impecable habilidad para mejorar todo lo que les envío.

Originally published in English as *The Notebook of Doom #2: Day of the Night Crawlers*

Translated by J.P. Lombana

ISBN 978-1-338-11440-9

10 9 8 7 6 5 4 3 2 1   17 18 19 20 21

Printed in the U.S.A.   40
First Spanish printing, 2017

Book design by Liz Frances

CONTENIDO

DESAYUNO Y LOMBRICES

—¡**C**uidado, Ale... aquí viene un monstruo!

—¿Dónde? —gritó Alejandro.

La semana anterior, Alejandro habría pensado que su papá bromeaba. Pero ahora, después de mudarse a Montalbán, no estaba tan seguro. La ciudad estaba llena de monstruos.

—¡RARRR! —dijo el papá de Alejandro, entregándole un

plato—. ¡Un monstruo de *desayuno*!

Alejandro suspiró.

—Disculpa que este monstruo no tenga boca, pero no hay tocineta —dijo el papá de Alejandro—. Ahora, ¡a comer! ¡Voy por el periódico antes de que se vaya flotando!

Alejandro miró por la ventana. Diluviaba.

CLAC. Tan pronto como oyó que la puerta principal se cerraba, sacó un viejo cuaderno de su mochila.

El viejo cuaderno tenía una calavera pintada y las iniciales *P.M.S.S.* en la portada. Alejandro había estado leyendo el cuaderno desde que lo encontró. Estaba lleno de dibujos y datos sobre monstruos.

El chico no sabía quién había comenzado a

escribir en el cuaderno, pero la semana anterior él había escrito una página después de haber vencido a un ejército de globos peleones. ¡Todavía le parecía increíble que esos globos bailarines fueran monstruos!

Cuando su papá regresó, empapado, Alejandro cerró el cuaderno.

Su papá tiró el periódico mojado en la mesa.

Gotas de agua salpicaron el plato de Alejandro y también algo largo y rosado que se meneaba.

—¡Puaj, una lombriz! —gritó Alejandro.

—Es solo una lombricita —dijo el papá de Alejandro.

—Creo que ya estoy lleno —dijo Alejandro mientras soltaba el tenedor y metía el cuaderno en su mochila—. Tengo que ir a la escuela. Voy a encontrarme con Rai.

Al principio, Alejandro pensaba que Rai era un abusón. Pero ahora eran amigos.

—Está bien, Ale. ¡No te mojes! —dijo su papá.

Alejandro abrió la puerta. Las nubes hacían que todo se viera gris, excepto el suelo. El suelo era más bien rosado.

Alejandro dio unos pasos y vio por qué.

Por todas partes —en la entrada, en el patio, en la acera— se meneaban pequeñas lombrices de color rosado. Eran miles.

—Puaj —dijo Alejandro.

Su estómago se meneó más que las lombrices. Abrió el paraguas y empezó a caminar.

LLUEVE QUE LLUEVE

Alejandro caminó en puntas de pie por la acera.

Llegó al parque, donde su amigo Rai saltaba en los charcos.

—¡Oye, Salamandra! —dijo Rai.

Salamandra era el apodo de Alejandro, le gustara o no. Le gustaba un poco.

—¿Quieres ver algo asqueroso? —preguntó Rai alzando una bota sobre una de las lombrices.

—¡No, Rai! —dijo Alejandro—. ¡No!

—¡Solo son lombrices! —dijo Rai bajando el pie un poco—. ¿Qué importa?

—Rai, cuando nos enfrentamos a los globos, ayudamos a todo Montalbán,

incluyendo a estas lombrices. Si las pisoteamos, ¡seremos como los monstruos que combatimos!

—Está bien —dijo Rai haciendo una mueca de fastidio—. Pero es raro que haya tantas lombrices. ¡Me siento como una albóndiga nadando en un mar de espagueti!

—Tienes razón, Rai —dijo Alejandro algo asustado—. Esto *es* raro. ¡Muy raro!

Sacó el cuaderno de la mochila.

—¡El cuaderno! —dijo Rai—. A propósito, ¿qué significa P.M.S.S.?

—Todavía no lo sé —dijo Alejandro—. ¡Pero mira! ¡Aquí dice algo sobre lombrices!

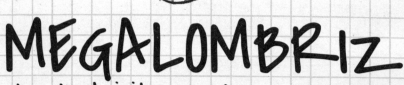

MEGALOMBRIZ

Una lombricita azul que parece inofensiva. Al principio.

HÁBITAT Las megalombrices aparecen en aceras y suelos húmedos.

COMPORTAMIENTO Las megalombrices siempre viajan solas.

DIETA Desconocida. Quizás chicos y chicas. ¡AY!

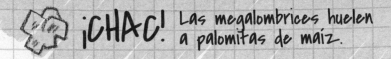 **¡CHAC!** Las megalombrices huelen a palomitas de maíz.

¡ADVERTENCIA! Una megalombriz comienza pequeñita, pero cuando le caen rayos de sol, ¡crece hasta ser tan grande como un autobús escolar!

ANTES   DESPUÉS

DEBILIDAD Cualquier tipo de chirrido fuerte las encoge.

—Esto solamente puede significar una cosa —dijo Alejandro—. Estas lombrices deben de ser unas megalombrices.

—Sí —dijo Rai—. Espera... ¡no! El cuaderno dice que las megalombrices siempre viajan solas. —Apuntó el paraguas hacia un montón de lombrices—. Debe de haber un *millón* de estas cosas. ¡No pueden ser megalombrices!

—¿Y si te equivocas? —preguntó Alejandro—. ¿Qué tal que se vuelvan inmensas y empiecen a comer chicos?

—El cuaderno de los monstruos también dice que las megalombrices son azules —dijo Rai—, ¡pero estas son entre rosadas y grises!

—¡Hagamos una prueba! —dijo Alejandro alzando un dedo—. Un chirrido debe encogerlas.

Se agachó cerca de una lombriz, respiró hondo y...

La lombriz se meneó un poco.

—Vamos, Salamandra —dijo Rai halando a Alejandro—. Vamos a la escuela.

—Está bien —dijo Alejandro—. Quizás el Sr. Caballero nos pueda decir algo sobre los monstruos. ¿Recuerdas lo que dijo en mi fiesta de cumpleaños?

—Sí —dijo Rai—. Dijo que esos globos peleones eran solo el comienzo.

—Ojalá supiéramos lo que quiso decir —dijo Alejandro.

3 C DE CABALLERO

¡**S**UISS! Las puertas de la sala de emergencia se abrieron y Alejandro y Rai entraron al viejo hospital, que ahora servía de escuela.

Un hombre alto de pelo parado se apoyaba en el escritorio de la recepción. Se estaba poniendo un par de tenis.

—¡Sr. Caballero! —dijo Alejandro—. ¡Unas lombrices monstruosas están atacando Montalbán!

—Quizás —dijo Rai.

—¡SHHH! —dijo el Sr. Caballero, mirando a los

lados—. *Sé* que hay monstruos aquí, pero las lombrices...

—Sí, ¡lombrices! —dijo Alejandro, y miró a Rai como diciendo, "Te lo dije".

—Perdón —dijo el Sr. Caballero alzando el micrófono—. Tengo que hacer un anuncio. Probando...

El altoparlante de la pared no sonó. El Sr. Caballero llevó el dial a ADENTRO.

—Buenos días, estudiantes —dijo con voz temblorosa—. Como es un día lluvioso y, eh, gusanoso, la clase de gimnasia se hará adentro.

ADENTRO

AFUERA

—Está bien, Sr. Caballero —dijo Alejandro—, ¿qué hacemos con estas megalombrices? Si no las paramos antes de que salga el sol, van a...

—Miren —dijo el Sr. Caballero poniéndose un silbato alrededor del cuello—, los veo en la clase de gimnasia. De veras tengo que...

¡RIIIIING!

—¡Ay! —el Sr. Caballero saltó y contestó el teléfono—. Primaria Montalbán, antiguo Hospital General de Montalbán. ¿A la orden?

—¿Clase de gimnasia? —le susurró Alejandro a Rai—. ¿Acaso el Sr. Caballero no es el secretario de la escuela?

—Sí —dijo Rai—, pero también es el maestro de gimnasia, el enfermero y el conductor de un autobús. La escuela está ahorrando dinero...

14

—¿QUÉ? ¡NO! —gritó el Sr. Caballero al auricular del teléfono—. ¡No voy a pelear *contigo*!

Alejandro miró a Rai, que alzó las cejas.

—¡NO! —dijo el Sr. Caballero—. Espera un segundo —añadió y presionó el botón de esperar—. Chicos, vayan a clase.

El Sr. Caballero se encorvó sobre el teléfono y continuó con su llamada.

—Pero si los rayos de sol calientan las lombrices, ¡Montalbán estará en aprietos! —dijo Alejandro.

Rai lo arrastró hasta el ascensor.

Afuera, el cielo seguía nublado. Por el momento.

15

4 MENSAJES

¡LOMBRICES!

Alejandro y Rai caminaron hasta su salón, que solía ser la morgue subterránea del hospital. Ahora, en vez de ser un lugar para guardar cadáveres, era un lugar para guardar estudiantes aburridos.

—¡Ah, llegaron los Chicos Tardíos! —dijo un hombre bajo que lucía tres tipos de tartán.

—Buenos días, Sr. Platero —dijo Alejandro a su maestro.

Fue hacia un puesto al fondo del salón, junto a una chica que llevaba una capucha. Ella era la única estudiante que lo había tratado bien el primer día de escuela.

—Eh, hola —dijo Alejandro.

La chica estaba ocupada leyendo un libro y no pareció haberlo oído.

Alejandro sacó su cuaderno de monstruos y lo abrió en la página de las megalombrices.

"¿Cómo detenerlas?", pensó.

La chica de la capucha volteó la cabeza un tris.

"¿Me está espiando?", se dijo Alejandro, y pasó la página.

KOALA-UALA
CANGA-UOMBA-DINGO

Orejas
de Koala

Hocico
de un
dingo

Garras
de un
uombat

Bolsa
de un
canguro

Cola
de un
ualabí

HÁBITAT Estos monstruos viven debajo del
lavabo de los baños. O debajo
de los cojines de
sofás. Cualquier lugar
que esté debajo.

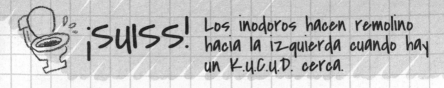

¡SUISS!

Los inodoros hacen remolino hacia la izquierda cuando hay un K.U.C.U.D. cerca.

DIETA Comida en forma de bumerán: bananas, cruasanes, calabacines, etcétera.

COMPORTAMIENTO

A los koala-uala-canga-uomba-dingo les encanta acurrucarse.

¡ADVERTENCIA! ¡Es una trampa! Apenas toques a un koala-uala-canga-uomba-dingo, un bebé canguro saldrá de su bolsa y te morderá la nariz. Quien sea mordido por uno de estos bebés se volverá australiano inmediatamente.

Alejandro cerró el cuaderno.

"Lástima que no nos ataquen unos koala-canga-loquesea —pensó—. Los prefiero mil veces que a las lombrices".

—Estudiantes —dijo el Sr. Platero—, la lección de hoy es sobre lombrices.

La chica de la capucha abrió su libro de ciencias. Alejandro anotó algo en un pedazo de papel, lo dobló y se lo dio a la chica de la capucha.

—Pásale esto a Rai —le susurró.

Ella asintió y pasó la nota. Después de que el papel fuera y viniera varias veces, la conversación

¡Tenemos que detener a estas lombrices monstruosas antes de que salga el sol! -Alejandro.

¡TAL VEZ NO SEAN MONSTRUOS! -RAI

¿Y si tengo razón? Tengo que encoger a las lombrices con un chirrido. Puedo hacerlo... con la ayuda del Sr. Caballero. ¡Pero tengo que hacerlo ya! -Alejandro

¿QUÉ ESTÁS ESPERANDO? —RAI

¿Cómo hago para salir del salón? —Alejandro

¡Solo pide un pase para ir al baño! —Nikki

¡NO TE METAS EN ESTO, NIKKI! Salamandra, solo pide un pase para ir al baño. —RAI

había llenado el papel.

—¿*Nikki*? —dijo Alejandro sentándose muy derecho.

La chica de al lado haló las cuerdas de su capucha.

—Disculpa, Alejandro —dijo el Sr. Platero, y todos voltearon a mirar—. ¿Tienes algo que decir?

—Eh, sí... —Alejandro miró a Nikki y a Rai—. Tengo que ir al baño. ¡Es una emergencia!

—Está bien —dijo el Sr. Platero rascándose el bigote—. Toma un pase. ¡Tienes cinco minutos!

Alejandro tomó el pase y corrió. Sabía lo que tenía que hacer...

5 ¡UIIIIIII!

Cual espía en tenis, Alejandro se coló en la cafetería vacía. Algunas señoras (y un señor) cocinaban algo verde con trozos morados.

"¿O será morado con trozos verdes?", pensó Alejandro.

Una pizarra pequeña estaba colgada en la pared.

Alejandro bajó la pizarra.

MENÚ

LUNES	ELECCIÓN DEL CHEF
MARTES	2ª ELECCIÓN DEL CHEF
MIÉRCOLES	SOBRAS DE LA 1ª ELECCIÓN DEL CHEF
JUEVES	PENÚLTIMA ELECCIÓN DEL CHEF
VIERNES	NADA QUE VER CON EL CHEF

"Está bien —pensó—. Solo tengo que llevarle esto al Sr. Caballero y..."

¡DING! Las puertas del ascensor se abrieron.

Alejandro se metió detrás de un helecho artificial y por poco deja caer la pizarra.

—Y aquí llegamos a la última parte del *tour*: la cafetería —dijo la directora, la Sra. Santander.

Alejandro miró por encima del helecho artificial.

La Sra. Santander salió del ascensor seguida de una mujer que llevaba ropa acolchada y una máscara.

—Fabuloso —dijo la mujer enmascarada. O quizás dijo "Jurásico", porque la máscara le distorsionaba la voz.

—Me alegra que pueda sustituir con tan poca anticipación —dijo la Sra. Santander—. Es extraño que el Sr. Caballero haya

desaparecido tan de repente.

"¿Desaparecido?", pensó Alejandro.

Las dos mujeres entraron en la cafetería. Alejandro sujetó bien la pizarra y se metió en el ascensor justo antes de que las puertas se cerraran. Presionó el **1** para ir a la recepción.

¡DING! Alejandro salió del ascensor.

Miró a través de la ventana de la recepción: el suelo estaba lleno de lombrices. El cielo seguía gris, pero las nubes parecían estarse disipando.

—¡Sr. Caballero! Necesito su...

Alejandro se detuvo. El escritorio estaba muy desordenado. Había papeles por todos lados. El teléfono estaba descolgado. Y el Sr. Caballero no estaba.

—¿Hola? —dijo Alejandro alzando el teléfono.

Silencio.

Alejandro lo colgó.

"El Sr. Caballero ha desaparecido —pensó—. ¡Y parece que salió apurado!".

La recepción de la escuela se aclaró. Un rayo de sol atravesó las nubes e iluminó a las lombrices.

—¡No! —gritó Alejandro lanzándose sobre el escritorio y agarrando el micrófono—. ¡Oigan esto!

Entonces, deslizó sus uñas por toda la pizarra.

¡UIIIIIIII!

El espantoso ruido sonó por todo el edificio.

"Ay", pensó Alejandro.

¡DING!

Las puertas del ascensor se abrieron.

—¡Alejandro! —gritó la Sra. Santander—. ¡Con el micrófono no se juega!

Alejandro movió el dial a AFUERA y volvió a hacer chirriar la pizarra.

¡UIIIIIIII!

Miró por la ventana. Las lombrices estaban bañadas en sol. Pero seguían meneándose. Ninguna creció como un autobús escolar ni se comió a nadie.

"Me equivoqué —pensó Alejandro—. Son simples lombrices".

—Todo está bien —dijo más tranquilo.

—No *todo* está bien —dijo la Sra. Santander agarrándolo del hombro—. A mi oficina. Ahora mismo.

6 MESA PARA TRES

Cuando Alejandro por fin llegó a la cafetería, ya no quedaba nada de lo verde. Solo servían trozos morados.

Se sentó al lado de Rai.

—Pasaste mucho tiempo en el baño —dijo Rai guiñándole el ojo.

—Sí, la Sra. Santander se enojó mucho —dijo Alejandro mientras olía un trozo morado—. Nunca antes me había metido en un lío así.

—Después de seis o siete veces o más, te acostumbras —dijo Rai bebiendo un poco de leche—. Entonces, esas lombrices...

—Sí, sí, tú tenías razón —refunfuñó Alejandro—. Eran lombrices comunes.

—Pobre Salamandra —sonrió Rai—. ¡Debe de ser difícil ser amigo de alguien tan listo como yo!

—Me equivoqué sobre las lombrices —dijo Alejandro mientras tragaba—. Pero hay más monstruos en Montalbán. El Sr. Caballero dijo...

—¿Monstruos? ¿De qué están hablando? —dijo Nikki poniendo su bandeja en la mesa.

—¿A ti qué te importa? —gruñó Rai—. ¡Vete de aquí!

—¿Cómo te fue con las lombrices? —dijo Nikki mirando a Alejandro.

—Eh, bien —dijo Alejandro—. Supongo.

Todos miraron hacia la mesa.

—Se acabó el almuerzo —dijo Rai, mirando a Nikki de mala gana y luego a Alejandro—. Vamos, Salamandra. Seguro que el Sr. Caballero nos dirá algo en gimnasia.

—¡Ay! —dijo Alejandro—. Se me olvidó. ¡El Sr. Caballero desapareció! Oí a la Sra. Santander decírselo a una mujer rara.

—¿De veras? —dijo Nikki.

—Seguro se asustó con su propia sombra —dijo Rai—. Apuesto a que se escondió en un casillero a esperar hasta la clase de gimnasia.

—Ojalá no te equivoques —dijo Alejandro—. Tengo que hacerle un montón de preguntas.

CAPÍTULO 7
RUIDO DE ESPADAS

PRIMARIA MONTALBÁN

A. BOPP

—¡**E**spera, Rai! —dijo Alejandro mientras se ponía la camiseta de gimnasia.

Alejandro fue hasta el gimnasio. Bueno, no era un gimnasio, era la lavandería del hospital.

Los estudiantes estaban en fila al lado de una hilera de lavadoras. Todos llevaban ropa de gimnasia, excepto Nikki. La chica se unió a Alejandro y a Rai al final de la fila.

—¿Te pones tu suéter con capucha para gimnasia? —le preguntó Alejandro.

—Sí —dijo Nikki metiendo las manos en los bolsillos—. Tengo un problema.

—¿Cómo así? —preguntó Alejandro.

¡PANG! ¡CHANG!

—¿Qué fue eso? —preguntó alguien.

Todos se callaron.

—¡Viene por el conducto! —dijo Alejandro señalando un hoyo cuadrado en el techo.

¡PUM-PACAPUM!

—¿Hay alguien ahí? —preguntó Nikki.

—¡Obvio! —se burló Rai—. ¡Te apuesto a que ese conducto es el escondite del Sr. Caballero!

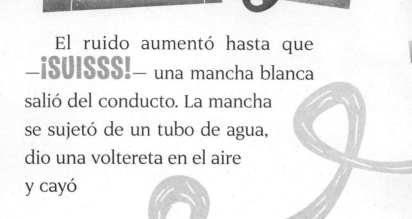

El ruido aumentó hasta que
—**¡SUISSS!**— una mancha blanca
salió del conducto. La mancha
se sujetó de un tubo de agua,
dio una voltereta en el aire
y cayó

de pie de manera perfecta.

"¡Vaya!", pensó Alejandro
retrocediendo. Era la mujer
enmascarada que había visto
antes.

La clase comenzó a aplaudir.

—¡Es una acróbata! —dijo
Nikki.

—Es una *ninja* —dijo Rai.

La mujer hizo una reverencia.

—Buenas tardes, estudiantes. Soy la entrenadora Agalla —dijo con voz aguada, como si estuviera haciendo gárgaras—. Voy a sustituir a su maestro mientras está... de vacaciones.

— Pero el Sr. Caballero no... —empezó a decir Alejandro.

La entrenadora Agalla dio un salto y cayó en cuclillas frente a Alejandro.

—¿Qué? —dijo leyendo la camiseta de Alejandro y respirando con dificultad—. ¿Sr. Bopp? ¿Me iba a contradecir acerca del paradero del Sr. Caballero?

Alejandro miró directamente a la máscara de la entrenadora Agalla, pero solo vio oscuridad. También sintió su aliento.

"¡Puaj! ¡Alguien ha comido atún!", pensó

—Eh, no —dijo Alejandro retrocediendo—. Por supuesto que no.

La entrenadora Agalla observó a Alejandro un poco más.

—Hoy, van a aprender el deporte de los guerreros, ¡la esgrima! —dijo luego empujando un carrito de lavandería lleno de espadas—. Todos, tomen un florete de práctica —añadió—. Cuando hayan aprendido, podrán usar una espada como la mía.

—Su espada es medio rara —le dijo Alejandro a Rai.

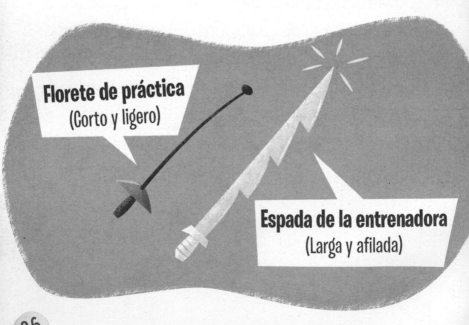

Florete de práctica
(Corto y ligero)

Espada de la entrenadora
(Larga y afilada)

Rai no contestó. Estaba ocupado moviendo su florete.

—¡Esto es genial! ¡No puedo creer que vayamos a pelear con espadas! —gritó.

La entrenadora Agalla abanicó su espada —**¡SUAC!**— y tumbó el florete de Rai.

—Es *esgrima,* no pelea con espadas —dijo, y saltó sobre una mesa de la lavandería—. Miren, todos. Párense así. Y sostengan los floretes así.

Los estudiantes alzaron los floretes.

—¡Horrible! —gritó la entrenadora Agalla—. Tienen 24 horas para hacerlo bien. Mañana habrá una prueba. ¡SE TERMINÓ LA CLASE!

CAPÍTULO 8 UN MENSAJE

Después de la escuela, el cielo estaba parcialmente nublado y el suelo estaba parcialmente *alombrizado*.

—Hay menos lombrices que antes —dijo Alejandro.

—Tienes razón —dijo Nikki—. Me pregunto dónde... *¡ay!*

Se había tropezado con un montículo de tierra.

—Cuidado con estas toperas —dijo Nikki señalando otro montículo.

—¡Es increíble que podamos llevar las espadas a la casa! —dijo Rai, que caminaba tras ellos practicando golpes de esgrima.

—¿No les parece la entrenadora Agalla algo... rara? —dijo Alejandro.

—¡Para nada! —dijo Rai cortando el aire—. ¡Es genial!

—¿Y qué te pareció su máscara? —preguntó Alejandro—. No se la quita nunca, ni siquiera fuera de clase.

—¡Ella es una profesional! —dijo Rai bajando el florete—. No lo entiendes porque no te gustan las peleas de espadas.

—Quieres decir la *esgrima* —dijo Nikki.

—¡Cómete una lombriz, engendro! —le gritó Rai.

—¡Oigan! ¡Paren! —dijo Alejandro señalando la acera—. ¡Miren!

Docenas de lombrices se habían contorsionado para armar un garabato.

—Vaya —dijo Rai—. Es una especie de código secreto.

—No es un código —dijo Alejandro—. ¡Es escritura elegante! Las lombrices están escribiendo algo. ¿Ustedes saben leer letra cursiva?

—No —dijo Rai—. No enseñan cursiva en la Primaria Montalbán.

—Yo sí —dijo Nikki.

—¿Qué dices? —dijo Rai—. Si *yo* no puedo, ¡tú tampoco!

—Claro que sí puedo —dijo Nikki—. Hace *años* que aprendí a leer cursiva.

—¿Hace años? ¡Mentira! —dijo Rai negando.

—¡Muy bien! —dijo Alejandro poniendo una mano en el hombro de Rai para calmarlo—. Dinos, Nikki, ¿qué nos quieren decir las lombrices?

La chica miró a Alejandro por debajo de su capucha.

–¡CUIDADO! ¡YA VIENEN LOS PECES!

PESCANDO RESPUESTAS

A pesar de la extraña advertencia que les dieron las lombrices, Alejandro, Rai y Nikki tenían que volver a sus casas a cenar.

Al atravesar la puerta de su casa, Alejandro soltó la mochila.

—¿Hijo? —dijo su papá—.
¿Has estado combatiendo
feroces enemigos?

—¡Te lo puedo explicar, papá!
Esos globos peleones eran...

—¿Globos? —se rió su papá
señalando la mochila—. Estaba
pensando en piratas, ¡o en mosqueteros!

—Ah, eso —dijo Alejandro agarrando el florete—.
Es una tarea.

Subió las escaleras.

—¡Llámame cuando la cena esté lista!

43

Alejandro se sentó en su escritorio e hizo una lista de pistas y preguntas.

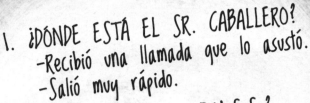

1. ¿DÓNDE ESTÁ EL SR. CABALLERO?
   - Recibió una llamada que lo asustó.
   - Salió muy rápido.

2. ¿QUÉ QUIERE DECIR P.M.S.S.?

3. ¿QUIÉN ES LA ENTRENADORA AGALLA?
   - Se enojó cuando mencioné al Sr. Caballero.
   - No se quita la máscara.

4. ¿CÓMO PUDIERON ESCRIBIR UN MENSAJE LAS LOMBRICES?

5. ¿QUÉ SIGNIFICA "YA VIENEN LOS PECES"? ? ? ? ? ?

"Los peces —pensó Alejandro—.
¿No había algo sobre peces en el
cuaderno?"

Pasó la primera hoja, que
estaba casi rota, y comenzó a
buscar en el cuaderno.

Se detuvo en una
página llena de peces.

"¡Aquí está!", se dijo.

PEZ TÚNEL

Una criatura que
puede "nadar"
bajo tierra.
Babea MUCHO
y así afloja la
tierra y la vuelve
fácil de cavar.

EFECTO
SECUNDARIO Las babas
de los peces túnel vuelven
muy inteligentes a las
lombrices, permitiéndoles
leer y escribir.

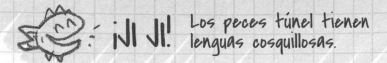 **¡VI VI!** Los peces túnel tienen lenguas cosquillosas.

HÁBITAT Tierra, lodo. No en el cemento.

DIETA Cualquier cosa más pequeña que ellos. Cuando los peces túnel se acercan, las lombrices salen a las aceras para protegerse. Después de una gran cena, los peces túnel duermen durante 99 años.

¡ADVERTENCIA!
Que no te caigan babas de peces túnel encima. ¡son horribles!

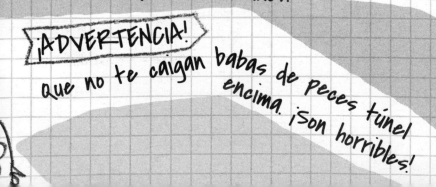

"Peces túnel —pensó Alejandro—. Mañana voy a...".

—¡La cena está lista! —dijo el papá de Alejandro.

Alejandro bajó las escaleras. Estaba pensando tantas cosas que casi no podía comerse la pizza.

—¡Ya terminé! —dijo Alejandro limpiándose la boca.

—Espera —dijo su papá—. Te tengo una sorpresa. ¡Agarra! —añadió, lanzándole un objeto redondo.

—¿Un yoyo? —dijo Alejandro.

—¡Sí! —dijo su papá—. Les doy yoyos a mis pacientes como premio... por usar hilo dental. ¿Qué te parece?

—Bien —dijo Alejandro—. Bueno, ¡hasta mañana!

Se dirigió a su cuarto y de camino metió el yoyo en la mochila.

Desafortunadamente, estaba tan emocionado con los peces túnel que olvidó usar hilo dental.

¡TAMBIÉN SIRVE COMO HILO DENTAL!

10 ¡A CAVAR!

—¡**J**a! ¡Toma eso! —gritó Rai mientras practicaba esgrima.

—¡Oye, Rai! —dijo Alejandro acercándose y abriendo el cuaderno—. Mira lo que encontré anoche. ¡Las lombrices nos estaban advirtiendo sobre unos monstruos llamados peces túnel!

—¡Vaya! —dijo Rai leyendo—. ¿Las lombrices salieron para no ser carnada de los peces túnel? —Miró al suelo—. Espera, ¡eso quiere decir que hay peces túnel debajo de nosotros *ahora mismo*!

Un montículo de tierra que estaba cerca tembló. Algo cavaba debajo de los chicos. Alejandro retrocedió. Rai se puso en guardia.

¡CHAN! Un pez morado salió del suelo. Tenía escamas puntiagudas, ojos malvados y una boca llena de dientes. Si no hubiera sido del tamaño de un pepino, habría sido aterrador.

El pez túnel se comió una lombriz que estaba al lado de Alejandro y se volvió a meter en la tierra.

—¡Los peces túnel son chiquitos! —se burló Rai—. ¡Los podemos aplastar! No, un momento, Salamandra... ¿qué es *eso*?

Otro montículo retumbó y entonces... **¡TRAS!**
Un pez túnel gris del tamaño de un delfín salió del
suelo. Se tragó al pez morado de un bocado y se
metió de vuelta en la tierra.

—Parece que hay de varios tamaños —dijo
Alejandro.

Los chicos se miraron y salieron corriendo.

11 ENFRENTADOS

—¿**C**ómo pelearemos contra los peces túnel? —preguntó Rai jadeando.

—No sé —dijo Alejandro.

—¡*Ahí* están! —dijo Nikki frente a la puerta del gimnasio—. Te he buscado toda la mañana, Salamandra. Yo...

—¡No le digas *Salamandra*! —dijo Rai bruscamente.

—Hola, Nikki —dijo Alejandro alzando la mano.

La chica se les acercó.

—Los he estado observando —dijo—. Sé que hay monstruos en Montalbán y sé que ustedes los han enfrentado. ¡Anoche me persiguió una especie de pez del tamaño de un cocodrilo!

Alejandro abrió la boca.

—¿Y eso qué? —dijo Rai.

—Quiero unirme a ustedes —dijo Nikki—. Yo tengo muchas, eh, destrezas. Y los monstruos me han interesado desde... pues, toda la vida.

—Eso suena bien —dijo Alejandro asintiendo.

—¡Bien tonto! —gruñó Rai—. ¡No necesitamos tu ayuda, Caperucita!

—¡Vale! —dijo Nikki dirigiéndose al vestuario de las chicas—. ¡Pero también descubrí lo que significa P.M.S.S.! ¡Y no se lo voy a decir!

—No le pongas atención —dijo Rai—. ¡Es hora de la prueba de esgrima!

—¿Es *hoy*?

Rai le dio un puñetazo a Alejandro en el hombro y los dos chicos entraron en el vestuario de los chicos.

12 PRUEBA FALLIDA

—Rai, ¿por qué te cae mal Nikki? —preguntó Alejandro.

—¡Es rara! —dijo Rai cerrando su casillero—. ¡Siempre está sola, siempre tiene puesta esa capucha tonta y ahora nos está siguiendo! Pero eso no es lo peor.

—¿No? —preguntó Alejandro alzando las cejas.

—No, Salamandra —dijo Rai—. La semana pasada quedaba una sola gelatina en la bandeja de la cafetería, ¡y ella la agarró! ¡Delante de mi cara!

—¿Estás enojado por una gelatina? —dijo Alejandro riéndose.

—Era de fresa —dijo Rai seriamente.

Alejandro y Rai se dirigieron a la clase. Los otros estudiantes practicaban los movimientos de esgrima con sus floretes.

—Rai, te equivocas. Es una chica muy lista. Y valiente. ¡No te tiene miedo!

—**¡ALEJANDRO BOPP!** —gritó una voz acuosa—. **¡DEFIÉNDETE!**

Un carrito de lavandería cruzó el gimnasio. Iba directamente hacia Alejandro. La entrenadora Agalla estaba en el carrito, en posición de ataque.

—¿Cómo? —gritó Alejandro, y alzó su florete de práctica.

La entrenadora Agalla dio una voltereta y —¡SUACA!— golpeó y tumbó el florete de Alejandro.

—Esa fue la prueba —dijo—. ¡*Fallaste*!

La entrenadora se acercó y presionó su máscara fría contra la mejilla de Alejandro.

—Eres tan débil como Caballero —graznó.

"¿Qué?", pensó Alejandro sin aliento.

—¡MUY BIEN! ¿QUIÉN SIGUE? —dijo la entrenadora Agalla golpeando el suelo con la espada.

¡CHAC!

Su espada se estrelló contra el florete de práctica de Rai, que logró sostenerlo en alto.

—Muy bien, parece que has practicado —dijo ella bajando la espada—. Rai Balurdo, ¡eres un estudiante modelo!

Rai pestañeó. Nadie le había dicho eso antes.

La entrenadora Agalla combatió con los otros estudiantes y a todos los reprobó.

—¡Patético! —dijo con sorna—. ¡Solo un rival digno en todo el salón!

Entonces, salió furiosa del gimnasio.

Alejandro haló a Rai hasta donde estaba Nikki.

—Tienes razón, Nikki —dijo Alejandro—. Debemos unirnos. Es la única manera de detener a esos peces túnel. ¿Cierto, Rai?

Alejandro le dio un codazo a Rai.

—Eh, pues —dijo Rai entre dientes—. Lamento que te enojes cuando te digo cosas.

—Vale —dijo ella entornando los ojos.

—¡Muy bien! —dijo Alejandro—. Ahora, Nikki, ¿podrías decirnos qué quiere decir P.M.S.S.?

—¿Que les diga? —dijo Nikki—. ¡Mejor les muestro! ¡Encontrémonos esta noche en el viejo terreno de *kickball* a las 6:30 en punto!

CAPÍTULO 13 PISTA FALSA

¡**Ñ**AM!

Alejandro pensó en los hambrientos peces túnel mientras se metía macarrones en la boca.

—Mmmmm —dijo parándose.

—¿Acabaste de comer? —preguntó su papá.

—Sí, papá —dijo Alejandro mientras iba a la puerta—. Voy a encontrarme con mis amigos en diez minutos.

—¡Me parece fantástico, Ale! —dijo su papá con alegría—. Ve a jugar con tus amigos... ¡Llámame si necesitas algo!

El sol se estaba ocultando cuando Alejandro llegó al viejo terreno de *kickball*.

—¡Oye, Salamandra!

Rai estaba cerca de *home* hablando con una chica a la que Alejandro nunca había visto. Tenía una larga coleta y sostenía una linterna.

—Hola —dijo Alejandro acercándose—, soy Ale... ¿Qué? *¿Nikki?* ¿Dónde está tu capucha?

—Solo la uso de día —dijo ella.

—Bueno, ya —dijo Rai—. ¡Dinos qué quiere decir P.M.S.S.!

—Está bien —dijo Nikki—. ¡Síganme!

Llevó a los chicos a través del terreno y se detuvo cerca de un viejo riel de ferrocarril.

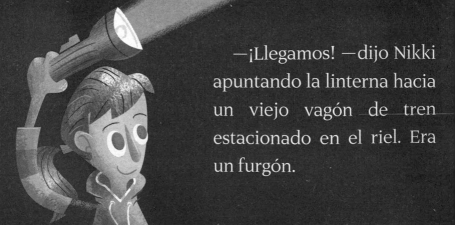

—¡Llegamos! —dijo Nikki apuntando la linterna hacia un viejo vagón de tren estacionado en el riel. Era un furgón.

—¿*P.M.S.S.* es un *ferrocarril*?
—preguntó Alejandro al ver las iniciales.

—Sí —dijo Nikki—. Es el viejo ferrocarril de Montalbán. Dejó de funcionar hace años.

—¿Qué tiene que ver un ferrocarril abandonado con un cuaderno de monstruos? —preguntó Rai.

—No sé —dijo Alejandro—. ¡Pero debe de haber una conexión! Entremos a ver si...

¡BRRAMBBRAAAGRABAMM!

—¿Qué es ese ruido? —preguntó Rai.

—¡Miren! —gritó
Nikki—. ¡El montículo
de picheo se está *moviendo*!

En ese momento, una aleta puntiaguda salió del
suelo. Una bestia escamosa avanzó como un torpedo
hacia los chicos abriendo y cerrando sus fauces.

—¡Corran! —gritó Alejandro.

CAPÍTULO 14
DIFÍCIL DE TRAGAR

El pez túnel trataba de morder los pies de Alejandro. Y los de Nikki. Y los de Rai.

¡ZAS!

—¡Una luz! —dijo Alejandro—. ¡Hay alguien en el furgón!

Corrieron
y subieron la
escalerilla trasera
del furgón. El pez
túnel se detuvo
frente a las ruedas
metálicas.

—¡Ja! —dijo
Rai—. ¡Hasta aquí
llegaste, tonto!

La criatura
abrió las fauces
repletas de dientes
afilados.

¡RARRR!

Al poco tiempo, un banco de feroces peces túnel rodeaba el furgón.

—¡Vamos! —dijo Alejandro—. Adentro estaremos más seguros.

Empujó la puerta trasera del furgón y la puerta se abrió.

—¿Hola? —dijo Alejandro.

Nadie respondió.

Alejandro entró. Un farol colgaba del techo, derramando luz sobre una extraña bandera amarilla.

—Oigan —dijo Alejandro—, tienen que ver esto.

Los tres se quedaron mirando en silencio.

—¡Vaya! —dijo Alejandro tocando un mapa que estaba en la pared—. ¿Qué sitio es este?

—Es un escondite —dijo una voz.

—¿Quién dijo eso? —preguntó Rai mirando alrededor.

—¡Salió de esa caja! —dijo Nikki señalando un baúl.

¡YIIII!

La tapa del baúl se abrió y Abraham Lincoln salió de adentro. Bueno, no era exactamente Abraham Lincoln. Era un hombre alto y nervioso con una barba postiza y un sombrero de copa.

—Eh... ¿Sr. Caballero? —gritó Alejandro—. ¿Qué...?

—¡Shhh! —dijo el Sr. Caballero ajustándose la barba—. ¡Me estoy escondiendo!

—¿De los peces túnel? —preguntó Rai.

—¿Peces túnel? —dijo el Sr. Caballero mirando hacia la ventana—. ¡Ay, no! ¿Están *aquí*? ¡Eso quiere decir que ella me encontró!

El Sr. Caballero se volvió a meter en el baúl y cerró la tapa.

—¿*Quién* lo encontró? —preguntó Alejandro.

¡PRAM! Una bota blanca pateó la puerta. La entrenadora Agalla entró en el furgón.

—¡AJÁ! ¡TE ENCONTRÉ! —gritó alzando la espada—. ¡LA VENGANZA ES DULCE! No, espera... —añadió mirando alrededor—. ¿Dónde está Caballero?

Alejandro alzó los hombros. Rai y Nikki contemplaban el suelo.

—Sé que lo están escondiendo —siseó la entrenadora Agalla—. ¡DÍGANME DÓNDE ESTÁ!

—¿El Sr. Caballero? —dijo Alejandro apoyándose en la tapa del baúl—. Usted dijo que se había ido de vacaciones.

¡BRRAAAAGGG!

Hubo un gran estruendo y el furgón se sacudió. El farol se bamboleó y un par de esquíes cayeron encima de Rai. Nikki trastabilló sobre un costal, que se abrió, desparramando plumas gigantes.

¡Alejandro miró por la ventana y vio un enorme pez salir volando del suelo! Sus enormes fauces engulleron a todos los otros peces túnel y al furgón de un solo bocado.

Alejandro tragó. El pez gigante también.

CAPÍTULO 15 LENGÜETAZO

El furgón siguió sacudiéndose y el baúl salió volando junto con papeles, un par de binoculares y un saxofón. De pronto, paró con un ¡SUUP!

—¿Todos bien? —preguntó Alejandro.

Rai y Nikki estaban en el suelo. El baúl del Sr. Caballero estaba volcado. Y la entrenadora Agalla estaba enredada en una hamaca.

Alejandro se arrastró hasta una escalera que estaba contra la pared.

—¡Rápido, al techo! —dijo.

Los chicos se subieron al techo del furgón, pero en lugar de ver la noche estrellada fueron recibidos por pedazos de algo que el pez túnel había almorzado.

—Chicos —dijo Alejandro—; en cualquier momento la entrenadora Agalla va a desenredarse. Estamos rodeados de pequeños pero furiosos peces túnel, dentro de la boca de uno gigante y a punto de terminar en su estómago.

—¡Lo mejor es morir peleando! —dijo Nikki.

Rai le sonrió, por primera vez.

—Bien —dijo Alejandro y revisó sus bolsillos—. ¿Con qué nos podemos defender?

¿QUIÉN TIENE LA MEJOR ARMA?

Alejandro: ¡Un yoyo!

Rai: ¡Un bastón de esquí!

Nikki: ¡Una pluma gigante!

Respuesta: Nadie. Esas armas son inútiles si vas a protegerte del ataque de un monstruo marino.

—¡YA BASTA! —gorgoteó la entrenadora Agalla mientras saltaba al techo y apuntaba la espada a Alejandro—. ¡Lo arruinaste *todo*! ¡Después de tantos años, estaba por destruir el P.M.S.S.!

—¿El ferrocarril? —preguntó Rai.

—¡No, cabeza de camarón! ¡P.M.S.S. quiere decir Patrulla de Monstruos Súper Secreta!

—¡Así que *eso* es lo que quiere decir! —dijo Alejandro.

—Ahora que estoy metida en la boca de este estúpido pez, ¡*nunca* voy a atrapar a Caballero!

Se quitó la máscara y se rasgó el traje de esgrima.

—¿Eres un pez túnel? —dijo Alejandro atónito.

—¡No me insultes! —dijo la entrenadora Agalla—. ¡Los peces túnel son bestias que me obedecen! ¡Soy un PEZKEBAB!

Los chicos retrocedieron. La entrenadora Agalla alzó su espada y —¡TRAT!— la encajó en un hoyuelo que había en su cara.

—¡ALEJANDRO BOPP, DEFIÉNDETE!

—dijo lanzándose de narices hacia Alejandro.

¡CHAC!

Rai bloqueó el ataque con su bastón de esquí.

—¡Bien, Rai! —gritó Alejandro.

—Atrás, chicos. Yo me encargo de ella —dijo Rai sonriendo.

La entrenadora Agalla atacó.

—¡No puedo creer que esté practicando esgrima con un monstruo! —dijo Rai evitando otro ataque.

—No es esgrima —dijo la entrenadora Agalla—. ¡Es un duelo de espadas!

—**¡YAAAJIAAA!** gritó Rai y atacó al pezkebab, que se hizo a un lado.

Rai se estrelló contra sus amigos, y todos cayeron fuera del furgón. Aterrizaron en una enorme lengua verde, rodeados de furiosos peces túnel.

La entrenadora Agalla miró desde el furgón y se rió. Entonces, les silbó a los furiosos peces túnel.

—¡A cenar, mis pequeñines!

Alejandro, Rai y Nikki miraban a los furiosos peces túnel que se acercaban.

De repente, Alejandro sintió las medias mojadas. La boca del pez gigante se estaba llenando de un líquido turbio.

—¡Qué asco! —dijo Rai.

—Son solo babas —dijo Nikki.

Los furiosos peces túnel se detuvieron y miraron a la entrenadora Agalla.

—¡Sigan! —ordenó—. ¡Cómanselos!

¡SLUUURRGGG!

El suelo se movió. El gigante pez túnel movió la lengua hacia el paladar, aplastando a los chicos y tumbando a la entrenadora Agalla del furgón.

Los peces túnel rodearon a la entrenadora Agalla, sollozando.

—¡Miren! ¡Tienen miedo! —dijo Alejandro arrodillándose.

—¿Miedo de qué? —preguntó Nikki.

Una ola de babas inundó la boca del pez gigante.

—¡De que este pez se los trague! —gritó Alejandro.

16 ¡BLAAARF!

—¿**Q**ué hacemos? —preguntó Rai.

Alejandro vio el yoyo en su mano. "¡También sirve como hilo dental!", decía.

Lanzó el yoyo con fuerza hacia arriba y —**¡CLAC!**— tiró hacia abajo, metiéndolo entre dos dientes gigantes.

—¡Agárrense! —gritó, sosteniendo con fuerza el yoyo mientras Rai y Nikki se sujetaban de sus piernas.

El pez tragó y la entrenadora Agalla y los furiosos peces túnel desaparecieron por la garganta del gigante.

Los chicos y el furgón lograron mantenerse arriba.

—Increíble —dijo Alejandro—, pero funcionó.

—¡Qué suerte que tu papá sea dentista! —dijo Nikki.

—Bueno —dijo Rai limpiándose la cara de babas—, no nos tragó, ¡pero seguimos atascados en la boca!

—¿Ah, sí? ¡Mira esto! —dijo Nikki, y acarició la lengua del pez con la pluma gigante.

La lengua tembló un segundo y luego...

¡BUUAAAC!

El pez gigante escupió a los chicos y al furgón de vuelta al aire libre y volvió a meterse dentro de la tierra.

—Si el cuaderno no se equivoca, ese pez túnel gigante va a dormir 99 años —dijo Alejandro—. Estoy seguro de que la entrenadora Agalla y los otros peces túnel cuentan como una gran cena.

Los chicos miraron alrededor. Estaban en medio del bosque.

—Oye
—dijo Rai—.
Estamos en
el Bosque
del Pavo. ¡Mira,
Salamandra, esa es
tu casa!

¡CHIAC!

El Sr. Caballero se bajó
del furgón.

—Primero fueron los globos peleones —se quejó—. Luego, las lombrices, los peces túnel y la amenaza telefónica de un pezkebab. ¡No aguanto más! ¡Renuncio!

—¿A qué renuncia? —preguntó Nikki.

—A la Patrulla de Monstruos Súper Secreta —dijo el Sr. Caballero—. Felicitaciones. Ahora, ustedes son los encargados. Ya tienen el cuaderno y esta es su sede. —Señaló el furgón lleno de babas—. Ah, y van a necesitar esto —añadió, dándole a Alejandro una hoja rota del cuaderno.

—Espera —dijo Alejandro.

—Pero ¿qué pasa...? —dijo Rai.

—¿Dónde...? —dijo Nikki.

—¡No! —dijo el Sr. Caballero—. Estoy mareado y tengo frío y sueño. ¡Buena suerte con el próximo monstruo, chico bisiesto!

Miró a Alejandro y se fue.

—¡Es la hoja que le arrancaron al cuaderno! —dijo Alejandro alzando el papel.

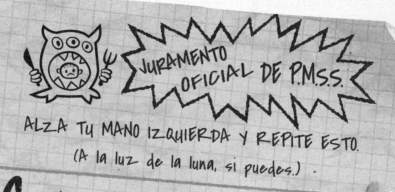

JURAMENTO OFICIAL DE P.M.S.S.

ALZA TU MANO IZQUIERDA Y REPITE ESTO.
(A la luz de la luna, si puedes.)

Cuando monstruos de cualquier condición amenacen a nuestro planeta,
juro que los enfrentaré con valor y tesón,
como miembro de esta patrulla secreta.

—¿Un juramento? —dijo Nikki—. ¿Juramos todos?

—Sí —dijo Alejandro, y alzó su mano izquierda—. Montalbán cuenta con nosotros.

Los tres amigos mojados recitaron el juramento.

Luego, Alejandro completó su primera tarea oficial como líder de la Patrulla de Monstruos Súper Secreta: añadió otro monstruo al cuaderno.

PEZKEBAB

Un monstruo escamoso con
una espada como nariz.

¡SILENCIO!

Los pezkebabs son mandones, sobre todo con los peces túnel.

HÁBITAT

¿Lavanderías de hospitales?

DIETA

Por el olor, parece que ensalada de atún.

COMPORTAMIENTO

Los pezkebabs son ~~espadachines~~ esgrimistas magistrales. Pueden desatornillarse la espada-nariz para pasar por gente común y corriente.

¡ADVERTENCIA!

¡No pelees con un pezkebab a menos que hayas asistido a más de una clase de esgrima!

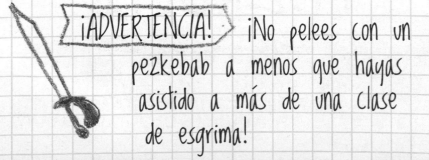

TROY CUMMINGS

no tiene cola, ni alas, ni garras, y solo tiene una cabeza. De niño creía que los monstruos podían ser reales. Hoy, está seguro de que así es.

COMPORTAMIENTO
Esta criatura baila muy mal, aunque parece que no se da cuenta de ello.

HÁBITAT
Troy Cummings pasa casi todo el tiempo en un viejo y pavoroso edificio lleno de ruidos raros.

DIETA
Sándwich de pastrami con queso suizo y pimientos

EVIDENCIA
Pocas personas creen que Troy Cummings es real. La única prueba que tenemos es que dicen que escribió e ilustró los libros The Eensy-Weensy Spider Freaks Out! y Giddy-up, Daddy!

¡ADVERTENCIA!
No te pierdas el primer libro de El Cuaderno de la Perdición.

EL ATAQUE DE LOS GLOBOS PELEONES